꽃 보며 탈 없이 지내다 (상상의 변화)
저자 이규각
판권은 표지 뒷면에 있습니다. (표 4)
전화: 010-2614-2727
팩스: (031)477-2727

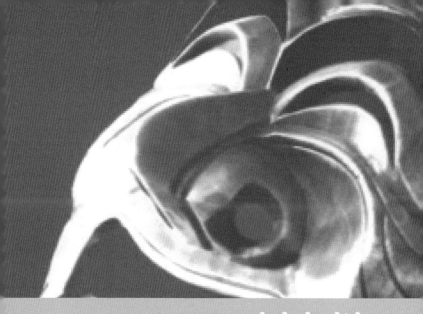

상상의 변화

꽃 보며
탈 없이
지내다

롱런

상상의 변화
마음의 속삭임

상상의 변화, 마음의 속삭임

사소한 것들이 눈앞으로 다가오면 사소한 것이 위대한 것이 된다. 사소한 것은 위대한 발상의 전환을 가져온다. 사소한 것을 지나치면 사소한 것에 대한 행복을 얻을 수 없다. 사소한 것은 큰 행복의 마중물이 된다.

살아 있는 동안 보고 느낄 수 있는 것은 행복이다. 그 사소한 행복을 지나치면 소극적인 자세가 몸 안에 머무른다.

행복하다는 것은 긍정적인 신호로 시를 쓰기 위한 좋은 기회가 된다.

대부분 사람들은 남의 위대함을 칭송하지 정작 자신의 위대함은 잊고 산다. 그런 마음은 항상 자신을 움츠리게 한다. 그런 생각에서 벗어나자.

당당한 나를 표현하면 순간적으로 감성이 깨어난다. 그 감성은 삶을 풍요롭게 한다. 메말라 가는 현실의 삶 앞에 촉촉한 생명의 단비가 된다.

짧은 생각, 짧은 글, 짧은 표현이 위대하고 경이로운 것은 시공간을 초월한 자아의 세계가 살아 있음이다.

시는 일상을 깨우는 행복이다. 고단함 속에서도 피어나는 작은 생명이다. 자유를 갈망하는 생활의 활력소다.

순간의 내가 순간의 나를 위해 투자하는 만큼 시는 풍부해진다.

자유로운 영혼이 없다면 자유로운 영혼을 찾아 나서 보자.

열정을 느끼는 순간 신기한 상상이 머릿속을 춤춘다. 이때 스마트 메모를 하면 얼마나 행복할까.

시는 자신의 표현이다. 자신를 아름답게 한다. 사소한 것이 아름답게 보일 때 순수한 시상이 감동을 준다.

하루의 순간을 어느 한때의 순간을 시로 남긴다는 것은 정말 행복한 일이다.

시인 이규각

목차

1막 3장 ... 77

1막 4장... 109

1막 1장

꽃 보며 탈 없이 지내다

14

몽돌

떽떼구르르 쏴악
밀고 당기고 둥글린다
둥글둥글 반짝이는 돌

바닷가 이야기
얼굴 부비면
햇살에 반짝이는 둥근 돌

또르르르 또르르르
떽떼구르르 쏴악

밀고 당기고 둥글린다
떽떼구르르 떽떼굴떽떼굴

둥글어 동그라미 보름달
달빛 조용히 꿈꾼다

지남철 사랑

곁에 없으면
죽을 것 같은 당신이

잠시라도 떨어져 있으면
못 살 것 같은 당신이

눈에 보이지 않으면
숨넘어갈 것 같은 당신이

그립고 그립던 당신이
보고 또 보고 싶은 당신이

까만 머리카락 흰 머리카락
보일 듯 말 듯

한 몸인 듯 아닌 듯 지워져 가는
그 모습이 기억에 남아 있을 때

그래도 곁에 있는 당신이
예쁜 당신입니다

사랑 소리

나뭇잎이 사랑을 하네요
속삭임이 정겹네요

여름 이야기
꽃바람이 지나갈 쯤

나뭇잎 사랑이
숨박꼭질하네요

산들바람에 얼굴을 부비네요

저마다

사랑의 소리가 별빛에 잠드네요

나뭇잎 모자이크

나뭇잎은 흔들린다

바람은 같은 방향으로
불어온다

춤추는 나뭇잎이
부비부비

알록달록 물든다

모자이크된 빛깔이
풍경이 된다

딱다구리 수행

딱따 구르르르
딱따 구르르르

바랑도 없이
부리로 수행을 한다

딱따 구르르르
날갯짓이 바람이 된다

메아리도 따라
딱따 구르르르

숲 속의 정원은
고요하다

딱따 구르르르
일상의 고단함에
삶의 평온을 알린다

꽃잎나비 사랑

꽃잎이 날아
나비가 되네요

팔랑팔랑
바람을 타고
한 쌍의 나비가 되네요

팔랑팔랑
너풀너풀

꽃잎이 한 쌍의 나비로
날갯짓하면

그 사랑
꽃향기 되네요

봄날 흰구름

떠도는 흰구름이
송이송이 나뭇가지에 걸려 있네요

흰구름이 바람을 따라
꽃잎으로 날리면

아름다운 꽃잎이
바람과 살갑게 춤을 춰요

봄이 가슴으로 숨을 쉬네요

을지로가 터져 나간다

흐느적거리는 일터는
도시의 그림자로 찢기어 가고

맥박은 어두운 그늘로
달그락거린다

쇠공의 투쟁이
사라지는 날

도시 재생의 허울 속으로 일상은
쓰러져 가고

신음하는 만상이 거리로 뒹굴 때

그 바람 세월
염치없는 세상사

메아리 가슴 치듯 희로애락에
잠든다

별들의 이야기

별들은
초롱초롱 빛나죠

소곤소곤 이야기
별들은 정겹죠

어머니 무릎베개 이야기
뜰안 가득 풀벌레 이야기

별들의 이야기
별빛 하나의 이야기

동화 속 이야기

낮에는 별들이 잠들죠

그때 그 자리에 있어 줘요

어디에 사는지
묻지도 못했네요

눈에 담은 그 모습을
떠올리면

그립고 그립던 생각들이
눈물로 흘러내리네요

그 모습 그대로
눈앞에 선한데

방울방울 아득한 몽환의 눈물
오늘이 지나가네요

어디에 사는지
묻지도 못했네요

어드 메쯤 있을까
언제 만날까요

그때 그 자리에 있어 줘요

동편 마을로 간다

사랑하는 만큼
사랑은 온다

어둠의 어느 깊은 터널
그곳 그 빛 실오라기 빛이
사랑이다

지나가는 사람들이 서로를
스치는 것은 사랑이다

사랑이 모여 따뜻한 가슴이
된다

그 길로 그 길로 가는 중이다

저마다 미소를 지으면
그 미소는 사랑이 된다

사랑은 너무 많다
그 많은 사랑이 사랑이다

사랑은 그 많은 사랑은
얼마나 사랑인가

그 사랑의 길로 가면
그곳에는 사랑이 숨을 쉰다

그곳으로 간다
동편 마을로 간다

내 마음의 버스

기다리면
불안해집니다

기다리면 기다린 만큼
초조해집니다

기다리는 만큼
버스는 서둘러 오지 않고
거북이 걸음을 합니다

기다림을 잊으면
어느새 내 마음의 버스는
내 앞으로 서 있습니다

그때 그 버스를 타고
여행을 하면

서두르지 않아도
나를 행복하게 합니다

잠자는 동안 당신은 천사입니다

잠자는 동안 선한 사람도
악한 사람도 없어요

그저 세상은 고요할 거예요

들어보세요 정말 세상은
평온할 거예요

그렇죠

참으로 신기하죠

모든 사람이 잠들면 평화롭겠죠

그렇게 시끌벅적
누군가를 미워하던 사람도
참으로 고요하네요

참으로 평온하죠
잠깐은 세상이
평온해지는 것 같아요

모두가 잠들어 있는 모습에서
그 선한 얼굴로 깨어나면
세상이 아름답겠죠

천사의 모습을 닮았다구요

잠자는 동안 당신은 천사입니다

아이야 벌써 귀뚜라미가 울어

지루한 한여름의 폭염도 지나가네
어쩌면 그것이 운명일 거야

지나가는 바람에도 계절을 느끼는 것은
그 한 마리의 귀뚜라미가 풀숲으로 가을을
전하기 때문이겠지

아이야!

지난 여름은 어찌나 뜨거운지
쓰지 않던 모자를 쓴 거야

참으로 태양은 이글거렸지
모든 것을 삼켜버린 거야

번개처럼 지나가는 아우성도 이제
숲 속으로 잠들겠지 그래 그럴지도 몰라

그렇게 큰 함성이 귀뚜라미의 노래였으면
좋겠어
그런 자연의 소리였으면 좋겠어

아이야!

너는 귀뚜라미를 알아?

간밤의 이야기를 전하는 그 귀뚜라미가
철책의 어드 메쯤 병사의 귓가에도 들리겠지

그 어둠 사이로 들려오는 귀뚜라미 소리가
너의 귓전으로 스치면 그 폭염도 속절없는 거야

노래를 불러 봐 서로의 마음을 귀뚜라미에게
전해 봐

금이저수지의 삐에로

외발 수레를 끌며
흥얼거리는 삐에로

바람과 함께 춤추는 삐에로

외발 수레가 흔들리는 대로
춤추는 삐에로

풀잎이 흔들리는 대로
꿈을 꾸는 삐에로

참새는
째에엑
째에엑
짹

나는 춤추는 삐에로
외발 수레를 끌며 노래하는
삐에로

째에엑
째에엑

짹

저수지를 빙빙 돌며 노래하는
삐에로

방울을 주어 수레에 달고
뛰어가는 삐에로

삐에로는
공중제비를 한다

바람 부는 날

바람이 잠들면
꽃이 된다

바람이 잠들면
꿈을 꾼다

그리운 사람에게로
새처럼 날개가 돋는다

바람이 부는 날에는
그리움이 둥지가 된다

목련 눈꽃

계절을 잊은 하이얀 눈꽃이
목련꽃으로 피어오른다

눈꽃 겨울이 방울방울
목련꽃으로 피어오르면
송이송이 눈꽃이 나뭇가지를 흔든다

눈꽃이 방울방울 목련꽃
눈꽃 숨결이 목련꽃으로 잠든다

눈부신 봄날의 이야기

먼산바라기 눈꽃이
목련꽃으로 피어난다

잠시 기억해 주세요

울지 말아요
삶은 지나가는 것
펑펑 울면 같이 울게 되요

삶이란 영원할 수 없어

저 새를 바라봐
언제나 하늘을 날지
영원히 살아 있는 것처럼

저 예쁜 꽃을 바라봐
언제나 바람과 춤추죠

모든 것이 멈추지 않는
영원한 생명의 노래 같죠

무심히 지나치는 삶
주위를 돌아봐요

멈추고 있네요
영원한 삶이 아니죠

더불어 노래해요

짧은 삶의 풍요를 함께 나누면
행복한 삶이 되죠

펑펑 울지 말아요
삶은 영원하지 않아요
잠시 기억해 주세요

눈물 연가

눈물은
만남과 이별의 동그라미야
흐르는 동안 떠도는 이야기야

지나가는 삶의 흔적이야
하이얀 여백의 그리움이야

마음속으로 스치는
미로의 이야기야

멈추지 않는 그리움
멈추지 않는 몽환
멈추지 않는 몽타주야

눈물은 삶을 사는 울림이야

달빛에 취하다

걷고 걷고
달빛에 취해 걷고
추억에 취해 걷는다

뒷동산
어둠이 내리는 풍경
눈빛에 드리우니

할미꽃 동산에 머무르고

달빛 나그네
달빛 그림자 꿈길을 걷는다

꽃은 꽃이다

산에도 피고
들에도 피고

부는 바람을 따라
산들산들 손을 흔든다

피어나는 꽃은 꽃이다
홀로 피어도 꽃이다
소리 없는 사랑이다

지치고 힘들 때
마음을 보듬는 위로의 향기다

마음자리 숨쉬는
꽃은 영원한 꽃이 된다
소곤소곤 영원한 꽃이 된다

바람 따라 산들산들 미소를
짓는다

봄이 오는 소리

해빙기의 아침은
햇살 머금은 금빛 모래알을
도랑으로 굴리기 시작한다

골짜기 고드름이 낙숫물 되어
똑똑 또옥 똑 떨어진다

잠자는 생명체를 깨워
기지개를 켠다

해빙기의 아침은
햇살 머금은 금빛 모레알을
도랑으로 굴리기 시작한다

졸졸거리며 흐르는 물이
논밭으로 풀 내음을 피운다

봉포에서

눈부신 햇살이 빗질하듯
백사장에 내리면

흰나비 죽음과
갈매기 죽음을
파도가 밀어 올린다

바위섬 어느 모퉁이
일렁이는 파도가 손짓하면
백사장 모래알이 속삭인다

연인들의 사랑 이야기

맨발의 추억으로
소곤소곤 파도 소리된다

기억의 죽음

숨이 팔목을 받치고
맥박을 친다

철새를 물 위에 올려놓고
둥지라 생각한다

초침에 발을 맞추어
자맥질하는 사람을 보았다

4호실 병동이다

하이얀 파도가
시트 위로 부서진다

초침이 멈춘다
바람이 분다

가랑잎 편지

문턱 앞으로
휘휘한 바람이
가랑잎을 몰고 온다

잠시 공간을 떠돌다
전해진

공허한
한 잎에
넋을 잃는다

1막

2장

꽃 보며 탈 없이 지내다

46

이슬꽃

아침에 피어나는 꽃
물빛 영롱한 이슬꽃

아침이 좋아
피어나는 꽃

실바람이 좋아
피어나는 꽃

눈부신 햇살만을
바라보며 피어나는 꽃

무지개를 담아 피어나는 꽃
이슬꽃이라네

초록빛 바다

파도가 바람에
일렁얄랑거린다

구름 사이로 햇살이
초록빛 바다를 만든다

밀려오는 파도에 춤추 듯
갈매기 나르면
한줄기 햇살은 눈부시다

상쾌한 마음은 몽환의 바다에
흠뻑 젖는다

초록빛 바다

먹구름 한줄기 햇살 속으로
소낙비 뿌린다

눈꽃

눈꽃이 창가로 다가오네요

자유의 공간을 날아
창을 두드리네요

살포시 다가오는 꽃
마음의 뜨락에 심어요

하이얀 꽃밭이 너무 아름답죠
눈부신 꽃밭에 누워 꿈을 꾸지요

눈을 감는 순간
눈꽃처럼 산으로 들로 날아오르죠

소나기 사연

소나기
담장으로 몰아치면
투두득 안개꽃처럼
피어난다

들길따라
산길따라
소나기 벗 삼아 뛰놀던
옛 친구

소나기 몰아치는 날이면
어릴 적 친구 생각이 난다

소나기 안개꽃
담장 위로 피어오를 때
옛 친구 보듯 정겹다

사소한 한마디

사소한 것이
감동을 주어요

사소한 것이
사랑을 만들고요

살다 보면 사소한 것이
인연을 만들어요

사랑을 전하고 싶다면
사소한 것부터 전하세요

전하는 한마디에
마음이 상할 수도 있고
기쁨을 줄 수도 있어요

사소한 한마디 그 감동이
큰 사랑이 되지요

꿈꾸는 사랑

솜사탕 같은 사랑이여
부푼 그리움이 꿈속에 있네요

부풀어 오른 사랑
달콤한 꿈을 꾸네요

부풀어 오른 사랑
그런 사랑에 눈이 멀지요

사랑은 예언자의 눈속임으로
숨을 쉬어요

꿈결처럼 다가오는 달콤한 사랑

잠시 눈을 떠 봐요

사랑이 눈앞에 있네요
이런 사랑이 정말로 멋지죠

개구쟁이

소나기 지나간 자리
고추잠자리
하늘을 맴돌고
뜨락을 맴돌고

텃밭을 두리번두리번
참외랑 오이랑 허리춤에 묻고
히쭉 해쭉 개울로 달려간다

친구 친구
발가벗은 친구

물보라 날리며 무지개 날리며
물 위를 자맥질할 때

뭉게구름 두둥실
물 위를 비추며 흘러간다

못 잊어

당신이 떠난 후

파도처럼 밀려오는
캄캄한 어둠과 절망감에
가슴이 메어 옵니다

당신이 떠난 후

흐르는 눈물로
미련을 씻으려 해도
눈물이 말라 지우지 못할 때

흐르다 말라 버린 눈 속으로
당신의 흔적을 찾아갑니다

멀어진 당신
또다시 그리움이 밀려옵니다

꿈속으로 스쳐 가는 여정
그때가 참 행복했어요

장흥 조각공원

솔바람
솔 향기

솔개그늘 사이로
싱그런 마음이
절로 가볍다

고추잠자리
힐끔힐끔
곁눈질할 때

연인들의 눈빛 속으로
군상들이 속삭인다

들녘 풍경

들녘을 흐르는
실개천

송사리
피라미

동그라미
물결이 된다

논두렁에 핀
초록빛 꽃 망초
담홍색 메꽃

들녘 워낭 소리
노을빛이 평화롭다

한마디 말

미움을 품으면
미운 대로 세상을 살아

사랑을 품으면
사랑한 대로 세상을 살지

마주치는 사람마다
미움을 떨치고 사랑을 베풀어 봐

그 사랑 더 그리운 날

함께 가는 길이 사랑이야

한마디 말에
사랑의 문이 열리고

함빡 머금은 웃음꽃이
가슴으로 피어오르네

첫사랑

사춘기에 다가오는
볼그속속한 낯빛과
두근두근하는 가슴이
첫사랑이겠지요

첫사랑은 다가서기도 전에
마음을 빼앗기는 마법 같아요

첫사랑은 잔잔한 호수
몰아치는 파도

혼자만이 간직하고 싶은 몽환적
그리움

첫사랑은
자연이 빚은 신비한 선물

고향 생각

하늘을 날던
고추잠자리

사립 담장에
고요히 내려앉고

저녁노을
모락모락
굴뚝 연기

서산 언덕을 따라
땅거미가 내리면

별님은
잠에서 깨어나지요

사랑하고 있나 봐

당신 앞으로 다가서면
가슴이 두근두근 합니다

왠지 아득한 기분입니다

많은 사람의 만남은
일상이지만
당신을 보면 그냥 설레입니다

눈이 마주치는 순간
아찔한 감정은 지금도 생생합니다

잊지 못할 경험
그 감정은 가슴을
두근거리게 합니다

콧노래

콧노래를 부르는
그대에게

조용히 다가섭니다

그윽이 들리는 사랑 소리
멋지네요

아름다운 사랑의 노래

한 걸음 한 걸음
사뿐히 다가오세요

함께 부르는 사랑의 콧노래
사랑이 듬뿍 담기네요

안개 낀 아침

불러도 불러도
대답이 없는 그림자가

가까이 가까이 가면
보일 듯 보일 듯 보이지
않고

산 아래 고향 집이
바람으로 숨 쉬면

뜨락의 안개
이슬로 풀잎 위에 구른다

홀로 서성대는 수탉이
홰치면 그 바람

미로 같은 안개의 넋두리
햇살을 따라 사라진다

씨앗 바람에 날다

씨앗 나그네
바람과 속삭일 때

길동무 나그네
미지의 세계로 머문다

바람 바람 그 바람
사랑의 손으로 보듬으면
씨앗도 바람이 된다

바람과 함께
낯선 곳으로 자연의 이야기
풀꽃이 된다

생명은 꿈틀거린다

생명은 살아 있는
삶의 이야기이다

하나의 씨앗은
원초적인 생명

더불어 살아간다

살아 있는 것이
생명을 보듬어 자연이 될 때

생명은 꿈틀거린다

더불어 숨소리가 된다

꽃길로

꽃길로 가면
꽃길로 가면
그 외길에 선다

그 길에서
그 길에서

사랑을 느낄 때
설레인다

걸음 걸음
행복한 시간이 따라온다

행복한 시간이
꽃길이 된다

참회의 길

잘난 사람
못난 사람

그 많은 사람들

기쁨과 슬픔은 있다네

그 느낌은 다르지만
마음의 동요는 같다네

두 얼굴로 표정을 짓지만
한 길에서

하루하루를 당신의 몫으로
받아들이면

참회의 마음이 얼굴로
빛이 된다네

눈이 내리는 풍경

눈이 내리네

조용히 은빛 세상을
만들어 가네

눈빛 햇살로
아름다운 세상이
눈앞로 펼쳐질 때

우리들의 눈싸움
눈사람도 웃고 있네요

어른들은 몰라요
우리들의 세상을

살금살금 눈벌판으로
미끄러지네요

별빛이 흐르는 반월저수지에서

밤길을 따라 걸으면
아름다운 별들이 소곤소곤
추억의 문을 두드리네요

수많은 별들 가운데
그 별 하나의 이야기

옛날 그 옛날
간직한 별 하나의 이야기

별을 헤아리는 밤
반월의 들길이 싱그럽네요

밤새 이슬꽃 풀잎을 타고 종알종알
그 소리 들려오면

이 밤의 끝을 간직한 채
별빛으로 남고 싶습니다

사랑을 주소서

사랑을 주소서

생명이 없는 돌
이름이 없는 들꽃

그 돌이 흉기가 되지 않고
그 들꽃이 독이 되지 않는
사랑이 되게 하소서

사랑이 샘솟는
기쁨의 일상을 꿈꾸게 하소서

소망하는 것이
베푸는 마음으로 숨 쉬게 하소서

스쳐 가는 모든 것에
사랑을 주소서

무정세월

그 옛날
그 초가에는
누가 사는지

마을 어귀 둥구나무
무심도 하다

담 너머 뜨락은
나팔꽃
메꽃
망초대

별빛이 소곤대는 밤
달빛 그림자 홀로 서성인다

찢어진 문풍지
바람에 중얼거리면

동트는 뜨락으로
이슬이 흐른다

천안 화덕에는

푸르른 하늘 햇살이
논밭을 비추고

푸른 잎 살랑 바람에
매미 한 마리 노래 부르면

개울가 물소리는
휘파람새 된다

마을 모퉁이로
개구쟁이 뛰어가고

동구 나무 그늘로
노인의 오수가 평화롭다

도랑을 따라
오색 물잠자리

살포시 날갯짓하면
고요는 더욱 아름답다

이별은 새로운 시작

이별은 무엇일까
알고 나면
이미 멀어져 있고

멀어진 뒤에도 변한 건 없고
만남이 멀어진 것뿐

죽을 것 같은 아픔도
잠시 스쳐 가는 것

너무 쉽게 생각하고
생각할 틈도 없이 다가오는 이별

항상 이별을 꿈꾸고
있었던 것은 아닐까

진실한 사랑은 가고
만남은 후회로 남는다

후회는 소용없는 그림자
등을 돌린 순간부터 시작되는 것
영원히 기억되질 않길

기억한다면 또 다른 이별이
시작되는 거야

등 돌릴 때 돌려 버려
미련을 두지 마

이별은 새로운 시작이니까

춤추는 낙엽

바람이 춤을 춘다
빙글빙글 춤을 춘다

뒹구는 낙엽이
바스락대면

모퉁이 바람이
돌개바람을 만든다

돌개바람이 낙엽을 부빌 때
벤치에 머무는 낙엽이
춤을 춘다

잠든 생명이
빙글빙글 춤을 춘다

당동의 봄날

당동이
그리움으로 스쳐 가면

아이와 함께 꿈을 꾸던
그 시절

둥지를 틀던 그 단칸살이 셋방
아련이 떠오르고

여름 한나절
식수차를 기다리던
그때가 생각난다

언덕을 오르내릴 때가
봄날이다

당동 그곳이 그립다

점박이 불빛

짧은 불빛이 깜빡인다

어둠을 가둔 채
깜빡이는 불빛이
그림자로 스밀 때

어둠의 그림자
몸속으로 뛰어든다

점박이 불빛에 가슴이
뚫리고

수십 번

마음을 열지 못한
그 만남이

등뒤로
점박이 불빛이 된다

1막

3장

꽃 보며 탈 없이 지내다

모래톱

모래톱의 추억이
웃음꽃 된다

모래톱은 아이들의 친구

두껍아 두껍아 새집 줄게
헌 집 다오

그 아이

모래톱이 빌딩 숲으로
일어서면

그 빌딩 숲을
숨차게 오르내린다

아비의 논두렁

아비의 갈퀴진 손 마디마디
한 줌 한 줌 흙을 움켜잡고
논두렁을 지키며 살아온 날들

들판을 오가며 살아온 삶
그 워낭 소리

무정세월에 주름은 짙어만 가고
가슴은 까마귀 영혼이 숨을 쉰다

까마귀 바람 타고 나르면
검불 속으로 봄은 오건만

아비의 손 마디는 허공으로
논두렁 되어 간다

우산 속 겨울

눈앞으로 풍경은
벌거숭이 되고

갈대는
눈송이처럼
바람을 따라
생명이 된다

첫눈을 바라던 바람이
우산 위로 녹아 내리면

우산 속의 몸짓은
벤치를 지켜 가고

녹아내린
눈물이 땅을 적신다

소리는 생명이다

소리는 생명이다

먼 기억 속의 고통이
유전자로 신음할 때

생명은
꿈틀거린다

그 소리
생명의 존재를 알린다

몽환의 소리에
세상은 숨을 쉰다

현실에 기대어 서면

캄캄한 밤은
촛불을 흔들어 치솟았다

바람은 철길을 따라
일직선으로 불어 가고

어둠은 불빛에 싸여
나무 주변을 맴돌았다

겨울비는 발걸음을 무겁게 툭툭 친다

가슴은 따스함을 얻기 위해 몸부림 치고
영혼은 땅바닥에 누웠다

고요히 잠들다
고요히 잠들다

봄이 오는 날
고동치는 심장을 움켜잡고
푸른 하늘을 보리라

새총을 쏘다

겨울눈 속으로
새들이 숨을 쉰다

이른 봄
푸드득 날아 본다

연탄불에 옹기종기 모여
내쉬는 한숨

불티로 날아
불새로 날아 보자

최루탄이 창가로 향할 때
아이의 분유는 식어 가고

별빛 아련한 통곡

절망이 스며 오면
끈을 놓지 마라
희망의 새총을 쏴라

봄날 풍경

개울물은 돌돌 돌아
논으로 흐르고

겨우내 외양간 어미 소
콧바람 써레질할 때

송아지 텀벙대면
웃음이 절로 난다

새참을 나르는 아낙이
조심조심 논둑을 걸을 쯤

누렁이 앞뒤로 쫄랑쫄랑
아낙의 흙 한 줌 맞고
헐레벌떡 달아난다

들판으로 뛰놀던 개구쟁이
동네를 휘저으면

어둑어둑한 뒷동산
달님도 웃고 있네요

바람이 분다

바람이 불면
생명이 된다

바람은 생명을 낳고
생명은 바람결로 움직인다

솔솔바람은 살랑 불어
나뭇잎 인사를 하고

춤추는 바람은
향기를 전해 준다

바람이 불면
생명이 눈으로 들어온다

고동치는
생명으로 다가선다

엄마의 삶

희망가를 부르던 엄마
세월 앞에 주름만 늘어 가니
그 모진 세월 무정하구나

살아온 날들이
살아서 못 이룬 꿈이

연분홍색 꿈일까
연보라색 꿈일까

수없는 날들을 눈물로 적시셨나요
기쁨의 눈물도 흘리셨겠지요

그 시절 그 꿈 많던 시절

이제 좀 쉬어요 삶은 거기가 거기
마음을 내려놓아요

엄마

흰눈이 그대처럼 보여요

흰눈이 오네요 바람 타고 오네요
사랑스런 그대 모습 그날이 생각나네요

보았나요 그대 흰눈처럼 다가오네요
세월이 흘렀지만 그날처럼 눈이 오네요
아름답던 그날이 다시 오네요

아름답던 추억이 새록새록 날리네요
그리움이 날아요

어쩌면 그렇게도 다정스런운가요

눈이 펑펑 내리는 날이면
따스한 사랑을 품은 한잔 커피에
취하네요

하얀 꿈으로 다가오는 오늘 같은 밤
왜 이렇게 그대 생각이 나는지요

오색 산장에서

가을에는 여행을 해요

행복한 시간들이 피어오르면
어느새 푸른 하늘을 날지요

생각해 봐요 그 여름날
그 아름답던 소낙비 무지개 하늘

오색 바람으로 솔솔 다가와
단풍을 만드네요

단풍이 찻잔 속으로 내려앉네요

산을 오르는 연인들이 울긋불긋
가을 단풍이 되네요

불면의 밤

흐느적거리는 일상이
침실로 엎어진다

예측할 수 없는 하루가 지나가면
힘들었던 하루의 일들이 잠든다

공허한 기억들이 맴돌아 달려오면
불면의 환상에 취하고

멀리 떠난 하루

희망은 어디쯤 가는지

침실에 누운 몸은
몽롱한 밤을 지새운다

그것이 인생

가다가 가다가
힘들면 쉬어 가고

가다가 가다가
넘어지면 앉았다 가고

가다가 가다가
쓰러지면 머물러 가고
그것이 인생이야

서둘지 마
보이는 삶에 충실하면 돼

때로는 힘들고 지치겠지
그것이 인생이야

누구나 행복할 수는 없어
그것이 인생이야

그렇게 살아가는 거지

비가 오는 오후

창가에 기대어 서면
흐르는 빗물 그 빗물이

눈물인 듯 멈추지 않는
쓸쓸한 오후

창 너머로 다가오는 소리

툭툭 치는 그 소리에 깜짝 놀라
창밖을 내다보니

당신은 보이지 않고
바람만 휭하니 불어 가네

흔들리는 꽃들만
창밖으로 머무르고

스쳐 가는 그림자
당신은 어디쯤
오시나요

시나브로 메아리

메아리는 홀로 사랑하지
그대 없는 사랑은 꺼져 가는
희미한 사랑

기다려도 기다려도 돌아오지 않는
침묵의 시간들이 벙어리 냉가슴이야

바라보기만 하면
바라보기만 하면
메아리는 홀로 잠드네

바라보면 사라져 가는 시나브로 메아리
소리 높여 불러 줘

상상의 메아리
그대 사랑 메아리는 돌아온다네

그대라서 좋아요

그대 모습이 떠올랐어요

설레는 내 가슴은 두근두근했죠
물결치듯 출렁이는 사랑의 마음

울렁울렁 잠이 안 오네요
알 수 없어요 사랑하는 마음을

뜬눈으로 지새우는 밤
그 밤에 촛불을 켜죠

불빛 속으로 타오르는 그리움
이렇게 아린지 미처 몰랐어요

그대라서 좋아요 그것이 죄인가요

용서해 주세요
사랑하는데 사랑합니다

나그네 새

별빛 따라 나는 새
고요한 밤을 나는 새

님 그리워 나는 새
님 그리워 나는 새

고요한 밤을
홀로 날아 별이 되는 새

밤을 지새우는 새
그 새 나그네 별이 되었다네

밤마다 반짝이는 그리움의 새
나그네 별이 되었다네

님을 찾아 나는 새
나그네 별이 되었다네

뒹굴다 잠이 들어

살다 살다 보면
홀로 남게 될 때도 있지

외로움에 지쳐
울고 싶을 때도 있을 거야

외로움을 달래기 위해
따스한 찻잔을 보듬으면
평온이 깃들어

그것도 잠시
그리움이 지나쳐 한숨지을 때
눈물이 나
눈물이 흘러

바보처럼 울다 지치면
못 견디게 그립던 마음
뒹굴다 잠이 들어

너뿐인 사랑

사랑이 내게로 오면
너의 사랑 내 안에 있고
오직 내 사랑 너뿐이야

다정다감한 너의 속삭임
꿈속에서 본 듯한 그 모습
보고도 또 보고 싶어

내 눈 속에 그대
잊지 못할 그리운 얼굴
그대 모습

사랑은 요술쟁이
고요한 밤 흔들리는 촛불

자나 깨나 하나로 빛나는
영원한 사랑 꿈꾸는 사랑

우울한 2020년

아침이 밝아 와도 암울한 기억은
어제와 같고

잠에서 깨어난 눈은 몽롱하고
일상의 그늘 속으로 하루는 시작된다

답답한 하루가
마스크의 행렬 속으로 신음하고
꿈을 꾸어도 꿈이 없는 하루의 일상

그 하루의 일상에서
두려움은 점점 커져만 가고

그 신음하는 오늘 하루가
일년 같은 하루가 또 시작된다

마스크는 들숨 날숨
우울한 가슴을 쓸어안는다

그 가슴이 희망이었음을

잊으라 했는데

잊으라 했는데
잊지 못하는 그리움

잊으라 했는데
잊지 못하는 그리움

쓸쓸한 마음이야 어쩔 수 없다지만
잊을 수 없네

이 마음 어찌할까

돌아보면 그 세월 꿈만 같은 그 세월
어떻게 잊을 수 있나

생각해 봐 꿈처럼 흘러간 그 세월이
잊을 수 없어 잊지 못하네

잊지 못할 그날의 그 추억
어찌하면 좋을까

눈물이 흐르네 잊을 수 없어

이별곡

이별은 슬픔을 남기고 가지
이별은 서러움이야

슬픔이겠지
돌아보지 않아도 눈물이 보여

미련이 그리움으로 남겠지
모든 것이 끝처럼 보여
아픈 상처로 남겠지

버틸 수 없는 아픔
하늘이 무너질 것 같은 아픔이겠지

세월이 흐르면 아픔의 상처는 아물고
새싹이 돋듯 새로운 내일이 찾아와

영원히 잊지 못할 것 같은
그리움의 상처들이야 꿈결에 잊고
내일로 내일로 가야지

사노라면 또 다른 이별이 있어

사랑은 불꽃처럼

사랑이 다가올 때는 두근두근
가르쳐 주지 않아도 알아요

사랑은 철부지
두근거리는 심장은 고동치죠

정말 놀랄 거예요
상상하지 못할 만큼 아찔하죠
사랑은 불현듯 다가오죠
정말 신기해요

눈앞으로 펼쳐지는 사랑은
불꽃처럼 예쁘죠
따스한 온기가 느껴져요

상상만 해도 즐거워요
내게로 오세요 나의 사랑

어디쯤 오시나요
행여 지나치지 않았을까
조바심이 나요

당신이 눈앞에 있네요 정말 아름다워요

추억의 언덕

추억의 언덕을 오르면
즐거웠던 이야기가
풍경 속 이야기로 다가오네

그립고 그립던 그 추억
반짝이는 눈망울 속

그 옛날 이야기
그 시절 이야기

언제나 미소 머금은
그때 그 모습이 생생하다

함께 손잡고 오르던 그 언덕
추억의 언덕으로 오르네

그리워라 그 언덕 지금도 변함없겠지
두근두근 그리움

너의 모습이 그립다

그리운 날에는

그리운 날에는
행여 바람 소리 그대인가

귀 기울여 보지만
스치는 나그네 바람이네요

마음만 아득해져요

꿈에도 잊지 못할 그리움인지
나그네 바람도 좋아요

오늘도 바람이 불어 가네요
그 바람 따라 가고 싶어요

그대가 있는 곳에 머물고 싶어요

까치봉

뭉게구름 피어나는
먼발치
첩첩산중 구름이 아름답다

고운 꽃 나리꽃
햇살에 눈부시다

산벌은 윙윙
새들은 푸드덕

계곡은 졸졸 노래 부른다

까치봉은 포화를 잊은 채
철책 너머 금강산을 바라본다

홀로된 허수아비

나는 나는 허수아비

언제나 그 자리
그 자리에 서서

외롭게 흔들리는 하루가 가고
또 하루가 가면

한없는 외로움에
점점 세상은 멀어져 가고

홀로된 일상은 외돌토리
홀로 서 있는 나그네

바람아 불어라
바람아 불어라

나만 홀로 두고 불지 마라

사랑해요

사랑을 숨기지 말아요
사랑한다는 말을 해 주세요

당신을 사랑합니다
언제까지나

사랑은 가슴으로 오네요
느낌으로 알죠
사랑한다는 말을 해 주세요

사랑의 노래를 멈추지 말아요
달콤하게 들려주세요

걸음 걸음
살포시 다가오세요
한 아름 꽃을 드릴게요

마음의 향기를 드릴게요
사라지지 않는 영원한 향기

그대와 함께라면 세상은 너무
아름다워요

우연히 마주친 사람

우연히 마주친 사람
다정했던 사람

짧은 만남의 시간이
행복했어요

이렇게 행복한 날이
난 정말 행복했어요

우연히 마주친 그 사람이
나의 사랑이었음을

짧은 만남이 아쉬워요

눈빛 속에 담긴 이야기
잊지 못할 거예요

훗날 만나게 될까요
그때를 기억하고 있을까요

사랑을 느꼈다면 기억해 주세요

무지개 추억

무지개 피어나는 언덕을
가 보았나요

아주 어릴 적 그때 그 언덕을
가 보았나요

무지개를 쫓아가 보았나요
산너머 너머 그곳에 있던가요

옹달샘에서 무지개가 피어난다는
말을 들어 보았나요

옹달샘으로 달려가 본 적이 있나요

논두렁 밭두렁을 지나 작은 옹달샘
그곳에 무지개가 있었나요

소나기 지나간 파란 하늘
피어오른 무지개

어릴 적 무지개를 쫓아가던 그 시절
추억에 잠기네요

1
막

4
장

꽃 보며 탈 없이 지내다

사랑만 했나 봐

사랑이 눈물되어 흐르네요
그 사랑 내 사랑

소리 없이 다가온 사랑
그토록 잊지 못할 사랑이
눈물이 되었네요

주르르 흐르는 눈물
빗물처럼 흐르네요

아 그리운 사랑
이렇게 사랑이 아픈 건가요

그대가 떠난 날

지나온 날이 진정 의미가 없나요
바보처럼 사랑만 했네요

너무 아파요
떠나간 사랑에게 눈물을 보였네요

행복한 선물

행복이란 큰 것도 아니고
작은 것도 아니야

고달픈 순간에도 한마디 말은
행복을 주지

먼 곳에 있지 않아
가까운 곳에 있지
행복은 따뜻한 말 한마디

입모습만 보아도 알아
세상을 밝게 하네

서로에게 웃음을 주는
그 말 한마디가 행복이지

내가 줄 수 있는 소중한 선물
그 말 한마디에 행복은 숨을 쉬네

오늘 하루도 행복해

사랑하는 마음으로
그대를 생각한다

세상은 너무 눈부셔

아침부터 저녁까지
그대를 생각하면
오늘도 즐거운 하루야

밤에는 꿈을 꾸지
이런 기분 처음이야

꿈속의 세상은 너무 행복해
우리 둘만의 세상이야

우리의 즐거운 날들은 축복이야
내일을 상상한다

눈을 뜨면 떠오르는 그대
세상은 아름다워 아름다운 세상

함께하는 하루가 즐거워

친구들 이야기

누구나 비밀은 있어
다정한 친구라해도
숨기고 싶은 비밀이 있지

이건 비밀이라고 말을 하지
꼭 비밀을 지켜 달라고 부탁을 하지

그런 거짓말이 어딨어
다른 친구들도 다 알고 있던데

비밀을 지키고 싶다면
말을 하지 마

누구나 알고 있는 비밀은
비밀이 아니야
말하고 싶은 건 비밀이 아니야

부탁이야
입이 근질근질하겠지만
참아 줘

아버지의 세월

아이들이 자랄 땐 몰랐네
어떻게 자랐는지 몰랐네

정신없이 살아온 하루하루
무겁게 짐을 진 외톨이

아버지의 빈자리
너희들은 홀로였구나

눈물이 난다

함께 놀아 주지 못한 세월
무심한 아버지라서 미안해

그때를 돌아보니
할 말이 없네

눈물이 흐른다

지금 생각해 보면
함께한 날들이 희망이었네
행복이었지

지금 부딪쳐 봐

할 수 있다면 부딪쳐
마음이 내킬 때 부딪쳐

시간은 멈추질 않아
기회는 사라져

두려워하지 마

두려움이 닥치는 순간 겁나지
그럴 땐 용기가 필요해

상처를 두려워하지 마
나를 일으켜 세워

뒷걸음치지 마
때로는 아픔도 있겠지

누구나 한번쯤은 겪는 일이야
지금 부딪쳐 봐

바람 타는 씨앗

바람을 타고 날아오르지
바람은 내 친구 함께 나르지

넓은 세상으로
넓은 대지로 날아가지

바람이 어떻게 생겼는지 알아
나는 보여 줄 수 있어

순한 바람 성난 바람

비가 오면 쉬어 가고
햇살이 빗질하면 날아오르지

높은 하늘로
미지의 세계로 갈 수 있어

바람과 함께라면 갈 수 있어
꿈꾸는 세상으로 갈 수 있지

바람아 고마워
바람아 행복해

손뼉을 쳐 봐

손뼉을 쳐 봐
손뼉을 쳐 봐

손뼉을 치면 행복해

가진 것이 없어도
웃음이 절로 나네

하루하루 주먹을 쥐고 사느니
손뼉을 치겠어 손뼉을 치겠어
더 행복하지

손뼉을 쳐 봐
손뼉을 쳐 봐

모든 근심 걱정 사라지네

함께 치는 손뼉
함께 치는 손뼉

웃음꽃 핀다

바람아 불어 다오

바람아 불어 다오
내 맘을 쓸어 가 다오

어쩌다 그리운 날
임이 생각날 때
그곳으로 데려가 다오

행여 바람과 함께 오면
그리움이 꿈이겠지

너는 알겠지 임의 향기를
임의 향기라도 전해 다오

어느 날 문득 불어오는 바람
그 향기에 취해 떠오르는 임의 모습

바람아 멈추어 다오
잠시라도 머물러 다오

꽃들이 신음한다

낮도깨비
밤도깨비 춤을 춘다

꽃들이 잠드는 밤
고요한 밤

네온이 춤을 추는 불면의 밤
꽃들이 신음한다

타락한 불빛이 거리를 비추면
어둠이 춤을 춘다

네온의 밤거리
불나방이 춤추는 거리

꽃들이 신음한다

꼬리 달린 별

캄캄한 밤
하늘을 나르는 별
별똥별

소원을 빌어
간절한 소원 하나

소원을 들어준데

꼬리를 감추기 전에
소원을 빌어

멈칫하면 사라지는 별
빌기도 전에 사라지는 별

신비로운 별
꼬리 달린 별

소원을 빌어
소원이 이루어진데

나는 잡초다

비바람에 시달려도
거친 땅으로 푸르렀다

거친 벌판이라도
한줄기 희망을 품고 산다

메마른 땅을 지키고
쓸려 가는 땅을 지키며 산다

세상에 흔한 것이 잡초라지만

보잘것없는 잡초라고
무시를 마라

이 거친 땅에 희망을 주는
잡초란다

아름다운 세상
내가 있다는 걸 잊지 마라

이 거친 땅 위에 내가 산다

봄을 타고 물길을 걷다

화창한 봄날의 물길은
상큼하다

모내기를 끝낸 들판으로
산들바람이 분다

하늘 높이 종다리 치솟고
아롱아롱 아지랑이 피어오를 때

봄을 타는 연인들과
낚시꾼들이 물길을 따라 걷는다

먼발치 버스가
먼지와 함께 사라지면

봄 향기
물길을 따라 바다로 간다

나뭇잎 이야기

새싹처럼 돋아나는
연두 잎 사이로

아롱아롱 아지랑이
봄을 알리고

솔솔바람에 푸른 잎
인사를 하면

지나가던 나그네
반가운 쉼터

울긋불긋 단풍잎
아름다운 강산

바스락바스락 가랑잎
옛이야기 들려주네